ALFAGUARA

ALFAGUARA INFANTIL

ALFAGUARA M.R.

LA VISITA DE OSITO
Título original: *Little Bear's Visit*

D.R. © del texto: ELSE HOLMELUND MINARIK, 1960
D.R. © de las ilustraciones: MAURICE SENDAK, 1960
D.R. © de la traducción: MARÍA PUNCEL
D.R. © Ediciones Alfaguara, S.A., 1982
D.R. © Altea, Taurus, Alfaguara, S.A. 1987
D.R. © Santillana, S.A., 1993

D.R. © de esta edición:
Santillana Ediciones Generales, S.A. de C.V., 2004
Av. Río Mixcoac 274, Col. Acacias,
03240, México, D.F.

Alfaguara es un sello editorial del **Grupo Prisa.**
Éstas son sus sedes:

ARGENTINA, BOLIVIA, CHILE, COLOMBIA, COSTA RICA, ECUADOR, EL SALVADOR, ESPAÑA, ESTADOS UNIDOS, GUATEMALA, MÉXICO, PANAMÁ, PARAGUAY, PERÚ, PUERTO RICO, REPÚBLICA DOMINICANA, URUGUAY Y VENEZUELA.

Primera edición en Alfaguara México: 1999
Primera edición en Editorial Santillana, S.A. de C.V.: noviembre de 2002
Primera reimpresión: mayo de 2003
Primera edición en Santillana Ediciones Generales, S.A. de C.V.: marzo de 2004
Décima reimpresión: junio de 2012

ISBN: 978-968-19-0623-8

Impreso en México

Este libro terminó de imprimirse en Junio de 2012
en Editorial Penagos, S.A. de C.V., Lago Wetter
núm. 152, Col. Pensil, C.P. 11490, México, D.F.

La visita de Osito

Else Holmelund Minarik
Ilustraciones de Maurice Sendak

Para todos los abuelos
y para todos los nietos

ÍNDICE

ABUELA OSA Y ABUELO OSO

Un día, Osito va a visitar
a Abuela Osa y Abuelo Oso
a su casita del bosque.

A Osito le encanta ir a verlos.

Le gusta mirar todas
aquellas cosas tan bonitas:
los cuadros,
las flores de Abuela Osa
y el duendecillo de juguete
del Abuelo, que da saltos
dentro de un tarro de cristal.

Le gusta ponerse el enorme sombrero
de Abuelo Oso
y decir: “¡Mírenme!”.
Y le gustan muchísimo
los dulces que prepara Abuela Osa.

Comió pan y mermelada,
pastelillos y bizcocho,
leche y miel y una manzana.

—Come algo más —dice Abuela Osa.
—Sí, muchas gracias —contesta Osito—.
No estaré comiendo demasiado, ¿no?

—¡Pues claro que no!
—responde Abuela Osa.
Y Abuelo Oso dice:
—Hoy nos vamos a divertir mucho
tú y yo.
—¡Desde luego! —dice Osito—,
pero Papá Oso me ha dicho
que no tengo que cansarte.
—¿Cansarme yo?
—dice Abuelo Oso—.
¿Cómo vas a conseguir que me canse?
¡Yo no me canso jamás!

Y se levanta y se pone a dar saltitos.

—¡Yo no me canso jamás! —repite,
y se vuelve a sentar.

Osito se rió
y aplaudió con sus patitas.
—¿Saben una cosa? —les dice
a Abuela Osa y Abuelo Oso.

—¿El qué? —le preguntaron.
—Me gusta estar aquí
—les contesta abrazándoles.

Osito y Abuelo Oso
se divierten todo lo que pueden.
Al fin, Abuelo Oso se sentó.
—Ahora vamos a contar un cuento
—dice Osito.

—Muy bien —contesta Abuelo Oso—.
Cuéntame un cuento.
—¡No! —dice Osito riéndose—.
¡Cuéntamelo tú!
—Para eso necesito mi pipa
—dice Abuelo Oso.

Osito corre hacia la casa,
toma la pipa y al volver…
encuentra a Abuelo Oso
¡profundamente dormido!
—¡Vaya! —dice Osito.

Está triste, pero no por mucho rato.
Va a buscar a Abuela Osa
y la encuentra en el jardín.
¿Podría abuelita contarle un cuento?
Claro que puede.

Toma una de las manitas
de Osito y le dice:
—Vamos al cenador. Allí hace fresco.
Venga, Osito, brinquemos un poco.
—¡Huy, abuelita, qué bien brincas!
—dice Osito, riéndose.
—Tú también lo haces muy bien
—le contesta Abuela Osa.

Se sientan en el cenador
y Osito le pide a Abuela Osa:
—Cuéntame un cuento de cuando
Mamá Osa era una osezna pequeñita.
El de Mamá Osa y el petirrojo
me gusta mucho.
—Muy bien —le contesta Abuela Osa,
y empieza así:

EL PETIRROJO DE MAMÁ OSA

Cierta primavera,
cuando Mamá Osa era pequeña,
encontró un petirrojo.

Era tan pequeñito que no podía volar.

"¡Oh, qué bonito eres!", le dijo.
"¿De dónde vienes?".
"De mi nido", le contestó el petirrojo.
"¿Y dónde está tu nido, petirrojillo?",
le preguntó Mamá Osa.
"Creo que está ahí arriba",
dijo el petirrojo.

Pero se equivocaba.
Aquel nido era de abejarucos.

"Quizá esté allí",
dijo el petirrojo.

Tampoco era el suyo.
Era un nido de oropéndolas.

Mamá Osa miró en todas partes,
pero no pudo encontrar
un nido de petirrojos.
"Puedes vivir conmigo", le dijo,
"y ser mi petirrojo".

Llevó al petirrojo dentro
y le preparó una casita.

"Por favor, llévame
cerca de la ventana",
le pidió el petirrojo.
"Me gusta mirar los árboles y el cielo".
Mamá Osa lo puso junto a la ventana.

"¡Oh!", dijo el petirrojo.
"Debe ser divertido volar por ahí fuera".
"También es divertido volar aquí",
le contestó Mamá Osa.

El petirrojo comía, crecía, cantaba,
y muy pronto aprendió a volar.
Volaba por toda la casa,
y era tan divertido
como Mamá Osa le había dicho.

Pero un día,
el petirrojo se sintió desdichado.

Mamá Osa le preguntó:
"¿Por qué estás triste,
petirrojillo?".
"No lo sé", le contestó el petirrojo.
"Mi corazón está triste".

"Canta una canción",
le dijo Mamá Osa.
"No puedo", dijo el petirrojo.
"Vuela por la casa",
le dijo Mamá Osa.
"No puedo", le contestó el petirrojo.

Los ojos de Mamá Osa
se llenaron de lágrimas
y llevó al petirrojo al jardín.

"Te quiero mucho, petirrojillo",
le dijo Mamá Osa.
"Pero quiero que seas feliz.
Márchate si quieres. Eres libre".

El petirrojo voló muy alto, muy alto,
en el cielo azul.

Cantó una melodiosa y dulce canción.

Luego bajó otra vez
al lado de Mamá Osa.

"No estés triste",
le dijo el petirrojo.
"Yo también te quiero.
Debo volar por el mundo,
pero volveré.
Volveré todos los años".

Mamá Osa le dio un beso de despedida
y el petirrojo se alejó por el cielo.

—El petirrojo volvió,
¿no es cierto, Abuelita?

—Claro que volvió, Osito.
Y también vinieron
sus hijos y sus nietos.
Mira, aquí tienes uno.

—¡Ah! —dice Osito—.
Yo también hubiera
dejado en libertad al petirrojo,
como hizo Mamá Osa.

—¡Hurraaa! —gritó Osito—.
Ya viene Abuelo Oso.

—Entonces es la hora de la cena
—dice Abuela Osa,
y entró en la casa.

Abuelo Oso mira a Osito,
Osito mira a Abuelo Oso…
y los dos se echan a reír.
—¿Qué tal si me cuentas
un cuento de duendecillos?
—le pregunta Osito.

—Con una condición:
que me tomes de la pata
—le pide Abuelo Oso.

—No me asustaré —dice Osito.
—Ya lo sé —le contesta Abuelo Oso—.
Pero yo sí que puedo asustarme.
—¡Vamos, abuelito,
empieza ya el cuento!

Y Abuelo Oso comienza así:

EL DUENDECILLO

Un día, un duendecillo
pasó delante de una vieja cueva.
Era antigua, fría y muy oscura.

De pronto, algo estalló en la cueva.
¿Qué era aquello? ¡PUM!
"¡Oooohhh!", gritó el duendecillo.

Estaba tan asustado,
que de un brinco salió
disparado de sus zapatos,
y echó a correr.

"Tip-tap-tip-tap-tip-tap".
¿Qué es esto?
ALGO corría detrás de él.

"¡Ay! ¿Qué puede ser?".
Estaba demasiado asustado
para mirar atrás, y echó a correr.
Aquello siguió tras él:
"Tip-tap-tip-tap".

El duendecillo descubrió un hueco
en un árbol y se zambulló en él.
El “tip-tap” se iba acercando,
acercando, ACERCANDO, hasta que
¡se paró al pie del árbol!

Luego, todo quedó tranquilo.
No pasaba nada.
Nada.

El duendecillo quería asomarse,
¡había tanto silencio!
¿Debería asomarse?

¡Desde luego!
¡¡TENÍA que asomarse!!
Y se asomó.

"¡Eeehh!", gritó el duendecillo.
¿Sabes lo que vio?

¡¡SUS ZAPATOS!!
Sus propios zapatitos,
y nada más.
"¡Vaya susto!", dijo el duendecillo
saltando fuera del árbol.

“Aquel ruido tan raro en la cueva
me hizo salir despedido
de mis zapatos,
pero ellos corrieron detrás de mí
y ¡aquí están!”.

Recogió sus zapatitos,
los abrazó
y se los puso otra vez.

“Mis queridos zapatitos,
¡no querían abandonarme!”.
dijo el duendecillo riéndose.

“De todas formas,
¡quién se preocupa por un ruido!”,
dijo el duendecillo,
y dando palmadas de alegría
se alejó saltando.

—Igual que tú
—dice Abuelo Oso.

—Yo no puedo salir disparado
de mis zapatos,
porque no los uso
—dice Osito con una risita—.
Me gusta andar descalzo.

NO ESTOY CANSADO

Osito descansa en el sofá.
Está esperando que Mamá Osa
y Papá Oso vengan a recogerle.

Osito se dice:
“No estoy cansado.
Puedo cerrar los ojos
pero no me dormiré.
No estoy nada cansado”.

Osito cierra los ojos.

Oye abrirse la puerta
y a Mamá Osa y Papá Oso
que saludan a Abuela Osa
y Abuelo Oso.
Les oye acercarse al sofá.

Pero no abre los ojos.

—¡Ah! —dice Mamá Osa—.
Está dormido.
¡Qué guapo es!

Papá Oso coge a Osito
en sus brazos, y dice:
—Sí, es un osezno muy bueno.
Mañana le llevaré a pescar.

—¡Mírenlo! —dice Abuela Osa—.
¡Es una criatura tan cariñosa…!

—Y además muy inteligente
—dice Abuelo Oso—.
Todos se ríen
y Osito abre los ojos.
Le pregunta a Papá Oso:
—¿Es verdad
que me llevarás a pescar?

—¡Ah, pillín! —le dice Mamá Osa—.
No estabas dormido de verdad.
Has oído cómo Papá Oso
hablaba de ir a pescar.
¡Has oído todo lo que hemos dicho de ti!
¡Lo leo en tus ojos!

Osito se ríe por lo bajo
y le dice a Abuelo Oso:
—A que nos hemos
divertido muchísimo
y no estás cansado, ¿verdad Abuelito?

—¡Pues claro que no!
—dice Abuelo Oso—.
Un osezno como tú
y un abuelo como yo
no nos cansamos nunca, ¿verdad?
Podemos cantar y bailar,
correr y jugar todo el día
sin cansarnos jamás.

Osito sonríe,
pero cada vez está más adormilado.

Abuelo Oso sigue diciendo:

—Verás cómo tú y yo vamos
a divertirnos muchísimas veces,
pero nunca,
¡nunca nos cansaremos!
¿A que no estás cansado?

Osito —dice Abuelo Oso—,
¿estás cansado?

¡Osito no estaba cansado! ¡Claro que no!
Osito estaba profundamente dormido.